KB267439

빛나는 시절을 지나는 중입니다

이 책은 《눈물을 그치는 타이밍》에 수록된 글을 다듬고
새로운 글을 더해 엮은 개정증보판입니다.

이애경 에세이

빛나는 시절을
지나는 중입니다

눈물을 그치는 ———————————— 타이밍

섬타임즈

깨지고 이어 붙인
삶의 조각을 마주하고서

일본인 친구의 집에 방문해 차를 마시다 문득, 이어 붙인 흔적이 있는 찻잔에 시선이 닿았다. 찻잔을 타고 흐르는 금빛 선을 신기한 듯 들여다보자 그녀가 말한다. 깨진 그릇을 옻으로 이어 붙인 뒤 금으로 칠하는 킨츠기 기법으로 만들었다고.

조각난 그릇을 버리지 않고 사물이 품은 이야기를 드러냄으로 사물이 지나온 시간과 상처마저 존중하는 철학이 담겨 있다는 말이 깊게 와닿았다. 흠결을 제거해 '완전함'을 이루는 데 애쓰지 않고, 있는 그대로의 모습을 내보인다니.

"상처가 존재를 이길 수는 없는 법이니까."

덧붙이는 그녀의 말에 단단함이 묻어났다.

우리가 삶을 바라보는 방식도 동일했으면 좋겠다. 세상 어디에도 온전한 그릇으로 사는 삶은 없다. 사람은 누구나 작든 크든 깨진 삶의 조각들을 가지고 살아간다. 삶이 움츠러드는 이유는 상처와 결함을 제거해야 할 대상으로 보기 때문일지도 모른다. 오히려 생각을 바꿔 그 불완전함을 자연스러움으로, 나아가 아름다움으로 보는 시선을 가진다면 삶의 무게는 훨씬 줄어들 것이다. 삶의 미학은 완성도가 아니라 깨어짐을 받아들이는 태도와 회복의 과정에 있음을 배웠으니까.

많은 독자들의 사랑을 받은 《눈물을 그치는 타이밍》이 출간된 지 10여 년이 흘렀다. 지금의 내가, 그 시절 깨지고 이어 붙인 삶의 조각들로 써 내려간 이야기를 다시 읽는다.

다양한 삶의 장면에서 사람들이 저마다의 방식으로 '지금'을 살아가는 것처럼 그 시절의 나도 그러했다. 사랑, 이별, 관계의 기쁨과 좌절이 나를 산산이 흩뜨

렸지만 존재를 무너뜨리지는 못했다. 나는 이어 붙인 찻잔처럼 그때도 지금도 여전히 내 삶을 담아내고 있다. 우리는 '완성형'이 아니라 '진행형'으로 살아가는 존재라는 믿음을 가지고.

우리는 흔히 빛나는 인생을 과거에 두곤 한다. 모든 것이 처음이어서 흠 없이 반짝이던 시간들. 그때가 좋았지, 라는 말로 그 시절을 그리워한다.

하지만 살다 보면 알게 된다. 빛난다는 건 티 없이 웃던 밝은 순간만을 의미하지 않는다는 것을. 상처와 절망, 흔들림과 눈물 속에서도 꿋꿋이 버텨낸 흔적이야말로 내면에서 배어 나오는 깊고 단단한 빛이라는 것을. 그래서 기억하기로 한다. 완벽하지 않아도, 흔들리고 있어도, 그렇게 느껴지지 않아도 우리는 지금 빛나는 시절을 지나는 중임을.

차례

책을 펴내며
깨지고 이어 붙인 삶의 조각을 마주하고서　　　　005

Part 1.

**사랑의
완성은**

짝사랑 1	018
너만 비추는 빛	019
바래다주지 말지 그랬어	020
짝사랑 2	024
고백	026
어디서부터 사랑일까	028
치열하게 사랑하라	029
사랑은 시간이 걸리더라도	031
마음을 재우다	032
사랑은 변종 독감처럼	034
사랑의 습관	036
너에게로 가는 길	038

Part 2.

**남겨진
마음들**

사랑, 그 어려운 걸 왜 하려고 하는지	044
기억 속의 이별에 대해 묻다	046
사랑은 미친 짓이다	048
미안해, 널 미워해	050
이별	053
이별이 끝난 뒤	054
기억의 속도	059
Delete	060
인생의 겨울에 서 있다면	065
슬픔이 오는 길	066
이젠 나, 많이 사랑해 줄게	070
연애는 외로움을 잠깐 마취시킬 뿐이다	072
당신은 빛나고 있는가	075
낙엽	078
어떤 그리움	079

Part 3. 눈물을 그치는 타이밍	결혼이라는 시소 게임	084
	질투와 부러움 사이	085
	눈물을 그치는 타이밍	086
	전화번호 미스터리	088
	다시, 사랑할 수 있을까	089
	골드 미스 다이어리	092
	'찌질하게' 살지 말기로 해요	097
	서른 썸싱	100
	감정에 솔직하게, 외로움은 치열하게	102
	혼자라서 좋은 것	107
	그녀들의 속마음	110
	'밀당'은 이제 그만	111

Part 4.

혼자만의
소요

드러내시 않게 되는 것들	116
어른들은 왜 자기 생각에 갇혀 버리는 걸까	117
클래식에 눈물 흘리다	118
모르는 것은 10년 후에 묻기로	121
외로움이란	123
그냥 옆에 있어 준다는 것만으로도	124
외로움에 바짝 다가서라	127
사실은, 모두 다 힘이 드니까	132
오늘은 오늘을 살아갈 힘만	134
어른이 될수록 좋은 것	135
나도 내 인생이 처음이라서	136
어제의 나를 지나 내일로 걸어간다	138

Part 5.

나머지
삶의
시작점

나만의 위로 레시피　　　　　144
지금, 잘 살고 있는 거야　　　146
반짝반짝 빛나는　　　　　　149
걷다 보면 날은 밝는다　　　　151
기다림　　　　　　　　　　152
'쓰담쓰담'　　　　　　　　　153
인생은 언제나 반전　　　　　154
괜찮아　　　　　　　　　　157
참 좋은 나이　　　　　　　　159
용기에 관하여　　　　　　　160
외로움도 변한다　　　　　　161
으라차차　　　　　　　　　　163

Part 6.

인생은
아포가토

두 개의 상자	168
여행을 떠나는 이유	172
산책	174
두근거림을 찾아서	175
내겐 너무 특별한 무엇	176
인생을 사는 네 가지 방법	179
인생은 아포가토	180

에필로그
눈물이 지나간 자리마다 우리가 견딘 시간은 빛나고　182

Part 1.

사랑의
완성은

이렇게 영원히
같이 춤출 수 있을까.

짝사랑 1

나만 알고
너는 모르는 이야기.

모두 다 아는데
너만 모르는 이야기.

너만   비추는   빛

모든 빛이 너만 비추고
나는 네게 눈이 멀었다.

바래다주지
   말지 그랬어

   먼 거리를 굳이 돌아서까지 집에 바래다주겠다던
그의 행동은
   단순히 호의였을까.
   아무도 탄 적이 없는 듯 깨끗한 발 매트에 처음으
로 발을 디디고,
   옆자리를 내준 적이 없는 듯 앞으로 치우친 좌석을
뒤로 밀어내고,
   다음에 누군가가 그 자리에 앉았을 때
   전에 앉은 또 다른 누군가가 있었다는 걸 느끼도록,
   그래서 불편함이 느껴지도록, 그를 탐내지 못하도록,
   사자가 영역을 표시하듯
   복숭아 향이 나는 차 안에 내 향기를 블렌딩하며
   나는 내 자리를 만들었다.

신기한 눈으로 그의 공간을 하나하나 훑어보고,
그가 바라보는 곳을 같이 바라보고,
그가 듣는 음악을 함께 듣고,
그의 발 리듬에 맞춰 나란히 움직이고 나란히 몸을
세웠다.
마치 오르골 위에 세워진 두 개의 인형처럼
차가 흐르는 대로 몸을 리드미컬하게 기울였다가
다시 제자리를 잡고는 나 혼자 슬며시 웃는다.
이렇게 영원히 같이 춤출 수 있을까.

오롯이 나 혼자만 그의 날개 아래 보호받던
30분의 독립된 공간.
그의 호의가 흡사 사랑 고백이라도 되는 것처럼
나는 그 30분 내내 마음이 들썩였다.

차를 가진 사람들의 거리 개념은 다르다는 것.
그래서 길을 돌아가는 것에
의미를 두지 말아야 한다는 것쯤은 알고 있지만
그의 배려와 친절 속에 숨겨진 할 말이 있을 것 같아
옆에 앉은 그에게 틈을 주듯 시선을 멈췄다.

허락된 시간이 지나가고
달뜬 마음이 아쉬움으로 오버랩 되는 즈음,
고맙다는 인사와 조심히 들어가라는 인사를
작은 공간에 남겨 놓고,
익숙한 나의 공간으로 발을 내딛는다.

나는 멈춰 서서, 그의 차를 바라보았다.
혹시 잠깐 차를 세우고 창문을 열지 않을까.
하지만 숙제를 마친 아이처럼 그는 힘차게 달려 나갔다.

바래다주지 말지 그랬니.
전에는 눈에 띄지 않았던 그의 차들이
거리에 넘쳐 난다.

타지 말걸 그랬어.
거리에는 그의 차들이 계속해서 지나가고
내 눈은 본능적으로 그 차들을 쫓는다.

처음부터 타지 말걸 그랬어.
자주 본 적도 없는 차였는데
지금 온 세상은 그의 차로 덮여 있다.

짝사랑 2

시작할 때는
그가 내 마음을 알게 되었으면 좋겠다고 생각했는데
막상 마음을 들켜 버리니 머릿속이 복잡해졌다.

술래에게 다가가던 걸음을 들켰을 뿐인데
나는 그때부터
꼼짝도 못하고, 아무 데도 가지 못하고
그가 어떤 속도로 "무궁화꽃이 피었습니다"라고 말
하든지 상관없이
그를 기다려야 하는 자리에 놓이게 되었다.

마음을 들키기 전까지는
좋아하든 미워하든,
시시한 짝사랑의 시작도 끝도
모든 것이 내 마음대로, 내 결정대로였는데

나의 움직임이 포착되는 순간, 나는
철저히 수동적인 사람이 되어 버렸다.

지금의 나는 그의 선택을 바라고, 기대하고, 기다리고,
스스로 할 수 있는 것이 하나도 없는 사람이 되어
버렸다.

짝사랑이 아픈 이유는
사랑을 준 만큼 되돌려 받지 못해서가 아니라
능동적이었던 나로 되돌아가고 싶어 하는 내 머리와
수동적으로 변해 버린 내 마음이 빚어내는
불협화음의 팽팽한 긴장감이
내 몸을 옴짝달싹 못하게 만들기 때문이다.

고백

숨김없이 솔직했고
할 수 있는 한 최선을 다했다면
마음이 받아들여지지 않은 것이
그리 슬픈 일은 아니다.
적어도 이제는 그와 나의 관계에서
미련이나 후회는 없을 테니까.
두고두고 생각하며
이렇게 한번 해 볼걸 하며
수만 가지 시나리오를 쓰는 짓은
더 이상 하지 않아도 될 테니까.

괜찮다.
이제는 걸어 나와도 괜찮다.
대답 없는
그에게로부터.

나에게 솔직했고
내 감정에 충실했으니
모든 걸 시도했던 나에게 아낌없는 박수를.

어디서부터
사랑일까

안 보이면 걱정될 때부터 사랑일까,
보고 있을수록 걱정될 때부터 사랑일까.
네가 있는 곳으로 발걸음을 옮길 때부터 사랑일까,
너에게 시선도 못 주고 네 옆을 재빨리 지나갈 때
부터 사랑일까.
하루에도 몇 번씩 네가 생각날 때부터 사랑일까,
머릿속에서 떨쳐 내려고 애쓰는 때부터 사랑일까.
너를 사람들에게 자랑하고 싶을 때부터 사랑일까,
너를 꼭꼭 숨겨 놓고 나만 보고 싶을 때부터 사랑일까.
네 생각에 마음이 따뜻해지는 것이 사랑일까,
네 생각에 마음이 아파 오는 것이 사랑일까.

네가 무엇을 하든 용서될 때부터 사랑일까,
조금만 서운하게 해도 네가 지독히 미울 때부터 사
랑일까.

치열하게
사랑하라

다시 사랑할 수 없을 것처럼

모든 사랑을 내어 주고 난 뒤의 이별만이

그 텅 빈 자리에

또 다른 사랑을 받아들일 수 있고,

진실한 사랑을 해본 사람만이

다시 그곳으로 가는 길을 기억해 낼 수 있다.

언젠가 돌아봤을 때 아쉬워하지 않도록

아니, 돌아보고 싶은 미련조차 남지 않도록

불같이 끝까지 맹렬히 타오르는 것.

사랑이란 그런 것이다.

치열하게 사랑하라.

언제나 마지막인 것처럼.

모든 사랑이 소각될 때까지,
내가 만들어 낸 나의 한계를
모두 넘어설 때까지.

사랑은
시간이
걸리더라도

필기체는
빠르게 쓸 수 있고
닮고 싶을 만큼 스타일리시하지만
가끔 글자를 알아볼 수 없는 경우가 생긴다.

사랑을 쓰려면
시간이 걸리더라도
정자체로 꼼꼼하게 써 주길.
잘못 읽거나 못 알아보는 일이 없도록.
너의 필체를 내가 정확히 기억할 수 있도록.

빛이 변하거나 퇴색되더라도
글씨는 알아볼 수 있게.
그 마음을 서로 잊지 않을 수 있게.

마음을   재우다

마음은 졸리지도 않는지
눈뜨고 있을 때나
꿈꾸고 있을 때나
분주히 너에게로 오가고,
마음은 지치지도 않는지
추억으로 역행할 때나
상상 속으로 추월할 때나
부풀어 오른 열정으로 너의 행적을 좇는다.

마음은 숨차지도 않은지
터질 것 같은 심장을 안고도
백만 스물둘의 걸음으로 너에게 달려가고,
마음은 덥지도 않은지
매일 네 생각의 옷을 덧입고도
여전히 쓸쓸함에 몸을 떤다.

마음은 기억력이 나쁜지
수천 번을 보고 또 봐도
네 얼굴을 기억해 낼 수가 없고,
마음은 지루하지도 않은지
너를 하루 종일 쳐다보고 있어도
모든 것이 신기하고 새롭다.

소란스러운 마음을 재울 수 있는 건
따뜻한 중저음으로
나를 토닥여 주는 너의 목소리.
오늘 밤도 네 생각을 천장에 늘어놓다가
한 조각도 수습하지 못하고
너로 나를 덮은 채 선잠을 청한다.

사랑은
변종 독감처럼

사랑은
올 때마다 매번 전염되는
변종 독감 같은 것인지,
방어할 수가 없고
앓을 때마다 아프다.

한두 번쯤 앓으면
그다음 번엔 견딜 만도 하건만,
매번 새롭게 아프고
매번 새로운 곳에 상처가 나고
매번 기습적으로 당하고 만다.

마땅히 치료법도 없어
그저 앓아눕고
식음을 전폐하고
온몸을 훑고 지나가기를 기다리는 것만이
유일하게 내가 할 수 있는 일.

사랑의   습관

주는 것에 익숙한 사람은
받는 것에 익숙한 사람에게 관심이 가고
주는 것을 좋아하는 사람은
받는 것을 좋아하는 사람에게 끌리게 된다.

하지만 사랑의 완성은
주는 것에 익숙한 사람이
주는 것에 익숙한 사람을 만나
익숙하지 않은 방법으로
받는 법을 알아 가는 때에 시작되며,
받는 것에 익숙한 사람이
받는 것에 익숙한 사람을 만나
주는 법을 배우고 난 뒤에야 이루어진다.

불편하고 서걱거리더라도
나에게 익숙하던 방법과
내가 좋아하던 방법을 버릴 때,
그때 진짜 사랑이 이루어지기 시작한다.

너에게로
　　　가는 길

＊＊

너에게로 가는 길에 이정표를 세워도 된다면
한여름 담쟁이덩굴처럼 촘촘한 간격은 어떨까?
새롭게 비집고 숨 틔우는 마음들이
길을 잃지 않고 오롯이 솟아나도록.
큰길 따라 달린 날개들 밑에서
가끔은 쉬어 갈 수 있도록.

너에게로 가는 길에 이름을 붙여도 된다면
한여름 소나기처럼 차고 달콤한 느낌은 어떨까?
걸을수록 쉽게 달아오르는 마음들이
제 풀에 지쳐 푸석대지 않도록.
이름에 심어진 향기가 내내 반짝여
초콜릿처럼 언제나 갖고 싶도록.

수줍은 네 마음에
발그레한 발자국을 남기는
너에게로 가는 길.

Part 2.

남겨진
마음들

내 얼굴 따위는
기억조차 나지 않을 만큼
너만을 바라보았는데.

사랑,
그 어려운 걸
왜 하려고 하는지

기본《수학의 정석》을 푸는 사람도 있고
실력《수학의 정석》을 푸는 사람도 있듯,
수학을 못하는 사람은 문과로 가고
수학을 잘하는 사람은 이과로 가듯,
사랑을 잘하는 사람과
사랑을 잘 못하는 사람이
나누어져 살아가면 안 되는 걸까.

사랑을 잘하는 사람과
사랑을 잘하지 못하는 사람이
한 공간에서 '치대며' 살아가고 있기에
세상은 온통 풀리지 않은 사랑 문제투성이고,
사랑앓이를 하다가 풀지 못하고 포기해 버리기에
이별도, 상처도, 부작용도 많다.

수학은 공식이라도 있지.

사랑,

그 어려운 걸 왜들 하려고 하는지.

기억 속의   이별에 대해   묻다

버스 안에서 누군가 묻는다.
"기사님, 옛날 미도파백화점에 가려면 어디서 내려
야 하나요?"
미도파백화점. 얼마 만에 들어보는 단어인가.
내 삶에 존재하지 않던 장소가
과거의 흔적을 타고 내 앞에 묵직한 존재감을 드러냈다.
버스기사가 경동시장에서 내려 걸어가면 된다고 하자
그녀가 안심한 듯 자리에 가서 앉는다.

이별이란 그런 것이다.
기억 속을 더듬어 찾아가 봐도
이미 그 자리엔 아무것도 없다.
빛바랜 사진 속에 존재하는 멈춰진 오브제이거나
누군가의 일기장에 존재하는 기록으로만 남을 뿐이다.

옛날의 그 자리로 돌아가 봐도
그곳은 목적지가 아니라
다른 방향으로 솟아나 버린
두 사람 인생의 기점이 되는 지점일 뿐이다.

이별은
시간을 타고 달아나 버린
무책임하고 남루한 것이다.
그러면서도 가끔씩
내 마음에 묵직하고 뻐근하게 얹히는
소나기 같은 것이다.

사랑은 　　 미친 짓이다

맺고 끊음이 분명한, 욕쟁이 선배를
부러 찾아갈 때가 있다.
나를 힘들게 하는 이에 대한 고민을 털어놓으며
가려운 마음을 긁어줬으면 하는 마음에서다.

"나쁜 자식이네, 그거.
삐리리릭 삐릭. 삐.리.릭."

분명 내가 좋아하는 사람을
욕하고 있는데
생각하면 할수록
괘씸한 놈이라는데
왜 그 말이 그렇게도 반갑고
위로가 되는 걸까.

그 말은 방향을 바꿔 나를 향한다.
"정신 나간 것 같으니라고. 당장 집어치워!"
나는 속으로 낄낄 웃는다.

사랑은 미친 짓이다.
분명 미친 짓이다.

미안해,   널 미워해

이별이 아픈 이유는
우연히라도 너와 더 이상 마주치면 안 된다는 생각에
내 삶의 반경이 움츠러들기 때문이다.
너에게 가는 데 익숙했던 발걸음을 다잡고
익숙한 거리를 피해 애써 다른 방향으로 돌려야 하는 건
마치 관성을 거스르듯 자연의 법칙을 깨는 일이라
몇 배의 힘과 노력을 요하는 서툰 작업.
쓰지 않던 마음의 근육을 써서
너에게로 가려는 마음을 제자리로 당겨 놓아야 하기
때문이다.

하지만 무엇보다도 이별이 아픈 이유는
네가 언젠가 내가 아닌 다른 누군가의 손을 잡고
그녀를 안고 그녀를 바라보며 웃을 거라는 생각이,
네게 또다시 사랑이 찾아올 거라는 생각이
내 머릿속에서 떠나지 않은 채 맴돌기 때문이다.

네가 내 삶에서 사라졌다는 사실은 어떻게든 견디고
내가 너를 다시 볼 수 없다는 현실은 참아낼 수 있지만,
사라진 네가 나 아닌 누군가에게 다가가고
내가 알 수 없는 둘만의 삶이 시작될 거라는 사실이
나를 진공에 둔 것처럼 소외시킨다.

그래서 나는 너에 대한 소식을 듣지 않도록 깊숙이
숨고서
네가 더 이상 이 세상에 존재하지 않는다고 생각하
기로 했다.
그러니 너에게 다시 사랑이 찾아오는 일 따위는 없
을 거라고.
그래서 내가 아플 일은 없을 거라고.

당분간 나는 그렇게 믿고 그렇게 살아가기로 했다.
너를 온전히 지우게 되는 그날까지.

네가 누구와 있든 어떤 삶을 살든, 네가 나를 그리
워하든 잊어버렸든
상관없게 되는 그날까지.

그러니 나를 용서해 주면 좋겠다.

이별

저는 무엇이든 좋습니다.
이것만 아니라면.

저는 어떻게든 좋습니다.
이렇게만 아니라면.

저는 누구든 좋습니다.
당신만 아니라면.

이별이　　　　끝난 뒤

　카페 문을 밀고 들어오는 건, 생각보다 힘들지 않았다. 마치 기다렸다는 듯 자동문처럼 문이 열렸다. 둔중하게 삐걱거리며 반항하던 건 아마 내 마음이었을 것이다.
　나는 장소에 대한 기억이 명확하고 촘촘하게 박히는 편이다. 그래서 내가 정말 좋아하는 곳에는 이성과 잘 가지 않으려 한다. 행여 이별하게 될 경우, 그 장소에 남아 있는 추억이 나를 괴롭힐 테고, 결국 좋아하던 그곳에 발걸음을 하기 힘들어지기 때문이다.

　그를 만나면서 나는 더 이상의 이별은 없을 것이라 믿었다. 그것은 내 공간 안에 그를 초대한다는 의미이기도 했다. 나는 집 앞 카페에서 그를 만나는 것으로 룰을 깼다. 내 믿음이 어설픈 확신에서 비롯했는지, 지나친 긍정에서 기인했는지 이유조차 모른 채.
　안타깝게도 그 믿음은 어그러지고 말았다. 집에 오

는 길마다 그 카페를 마주해야 했고, 그것은 내게 형벌과도 같았다. 고개 돌리고 보지 않으려 애써도, 이미 내 마음이 그곳을 의식하고 있다는 사실이 견딜 수 없었다.

내가 보지 않으려 했던 것은 엄밀히 말하자면 카페가 아니다. 어쩌면 인정해야 하는 현실에 대한 두려움, 이루어지지 않은 약속에 대한 아쉬움, 겉으로는 티 나지 않지만 깊게 베인 상처일 수도 있다.

오랜 시간 고통 받던 나는 오늘, 그것이 무엇이든 간에 맞서기로 했다.

카페는 한산하게 비어 있었다. 나는 그와 내가 앉았던 테이블이 보이는 곳에 자리를 잡았다. 주문을 하려고 일어서자 벽 쪽에 앉아 있던 그의 얼굴이 떠올랐다. 생각보다 가슴이 덜컹 내려앉지도 않았고, 주삿바늘처럼 순간 따끔거리는 정도로 끝났다.

벽에 걸린 메뉴판을 보며 그와 함께 주문했던 음료를 떠올리려 했지만 기억나지 않았다. 그날 버린 영수증 속에 활자로 기록되었을 뿐, 내 기억 속에는 더 이상 남아 있지 않았다.

한참을 서성이다 히비스커스차를 주문하고 티포트와 투명한 유리잔을 받아 드는 순간, 빨갛고 투명하게 우러난 그 차와의 만남이 처음이 아니라는 사실을 감지했다. 손님에게 수고로움을 더하는 방식의 티포트라서 그날도 카페 주인이 사용법을 가르쳐 주었었다. 결국 쏟아진 붉은 찻물이 쟁반을 적시는 바람에 그가 휴지로 내 잔을 닦아 주던 기억이 났다. 주사를 맞은 부위가 조금 뻐근해졌다.

벽을 타고 내려온 할로겐 조명이 그의 얼굴에 그림자를 만들던 자리를 보면서 그와 나눈 대화를 되짚어 봤다. 그는 나에게 질문을 했고, 생각해 왔던 말들을 하나씩 하나씩 고해하듯 답하던 내 모습이 기억났다.

나도 그에게 같은 질문을 했고, 그도 성실하게 대답
해 주었다.

그와 나눈 대화가 고스란히 떠오른 지금, 주인을
잃은 이야기들에게 어떤 태도를 취해야 하는지 도무
지 알 수가 없었다. 나는 지금 이 자리에 존재하고 있
는데, 내가 내뱉은 말이 공중에서 분해된 채 무덤덤
하게 떠돌고 있었다. 마음이 자꾸 뻐근해져 왔다. 나
는 주사 맞은 부위를 알코올 솜으로 문지르듯 마음을
토닥이며 문지르고 또 문질러 주었다. 숨이 가빠지는
것 같아 찻잔을 집었는데 눈물이 났다. 히비스커스에
눈물이 블렌딩되는 내내 그냥 내버려 두었다.

마주하기 겁내던 두려움에 조금씩 다가가 맞서 보
니, 두려움이 생각만큼 커다랗거나 무섭지 않고, 고집
스럽게 버티며 으르렁대지도 않는다는 것을 알았다.

나는 그와 함께였던 지난날의 나와 그곳에 뿌려진

우리의 이야기를 예의를 갖춰 떠나보내야겠다고 생각했다. 그때의 우리는 거짓이 아니었으니까. 설령 지금은 어긋났다 하더라도 그 순간만큼은 솔직했으니까. 내가 이곳에서 한 모든 말들은 진심이었고, 그가 내게 한 말들도 모두 진심이었다고 믿으니까.

우리가 나누었던 대화를 하나하나 되짚어 가면서 그 순간들을 감사하고 축복했다. 목적지를 잃은 채 방황하다가 남겨진 나의 언어와 그의 언어가 내게 '괜찮아'라고 위로하는 듯했다. 그 당시 나는 최선을 다했으므로. 그리고 그도 최선을 다했을 것이므로.

어느 날 오후, 발걸음을 재촉하며 집으로 가던 중 문득 그 카페가 눈에 띄었다. 걸음을 멈추고 시선을 고정했지만 마음에서 아무런 느낌조차 새어 나오지 않았다. 생각해 보니 전날도 그 전전날도, 내 마음은 그곳을 인식하지 못한 채 일상의 발걸음을 내딛고 있었다.

기억의 속도

기억 속에 있는 누군가를 끄집어내는 것은
생각보다 오래 걸리지 않는다.
너를 만난 순간,
내 대뇌피질에 언제나 네가 붙어 있었던 것처럼
너를 기억해 내는 데 0.1초도 걸리지 않았고,
네가 한 말들과 약속들을 네 앞에 꺼내 놓는 데
단 1분도 지체하지 않았다.
숨 한 번 쉬지 않고 전속력으로 달리듯,
내 기억이 너에게 접속되자
숨이 터질 듯 얼굴이 빨개졌다.
너는 웃었고,
미친 듯이 너에게로 달려가는 내 기억이 민망해
나도 웃음으로 바람을 내어 얼굴을 식혀 주었다.

몇 년을 묻어 두고 돌아가며 애써 지운 사람인데
허망하게도 순식간에 모든 것이 탄로 나 버렸다.

Delete

노트북에 펼쳐 놓은 문서 파일을 뚫어지게 쳐다보고 있었다. 날렵한 손끝이 탭댄스를 추듯 검은 초콜릿 조각들을 튕기고 지나가면, 하얗던 화면에 검은색 재 가루가 흩뿌려졌다. 내 손가락이 가장 많은 시간을 보내는 곳이자 가장 익숙한 공간은 아마 정사각형과 직사각형 몇십 개가 나열되어 있는 이 기계 위일 것이다.

나는 모니터를 뚫어지게 쳐다보면서 춤추고 있는 손가락에 정신을 집중했다. 열 손가락 중에서 어떤 손가락이 가장 많은 운동을 하는지가 갑자기 궁금해져서였다.

재미있게도 내 손은, 정확히 내 오른쪽 넷째 손가락은 순간순간 오른쪽 맨 위편을 습관적으로 두드리고 있었다.

Delete(딜리트)라고 쓰인 그곳을.

딜리트는 글을 쓸 때나 파일을 지울 때 별다른 거부감 없이 사용하는 자판이다. 시선을 굳이 주지 않아도 손이 알아서 잘도 찾아간다. 생각할수록 기특하기까지 하다. 나는 문득, 사람과의 관계도 이렇게 쉽게 지울 수 있다면 얼마나 좋을까 생각해 본다.

살다 보면 사람을 내 인생에서 지워야 하는 일이 생기곤 한다. 이별한 사랑을 지워야 하는 것도 힘이 드는 일이지만, 오랫동안 믿고 따르던 사람과의 관계에서도 이런 일은 곤란하고 어렵다.

상대방을 믿었다가 배신을 당하는 경우 처음에는 그 사실을 받아들이지 못하게 된다. 내가 처음 만났던 시점에 알던 그런 사람이 아닌데도 그것을 인정하기가 무척 어렵다. 그 사람이 변하는 속도로 나는 변하지 않고, 그 사람이 변하는 방향으로 나 또한 변하지 않음을 간과한 탓이다.

문제가 생기고 문득 뒤돌아봤을 때 벌어져 있는 간극은 이미 커진 상태다. 하지만 나는 과거 속의 상대방 혹은 내가 경험했던 상대방만을 기억하며 옛날 내가 알던 그 사람이 동일 인물이라고 믿고 싶어 한다.

어떻게 보면 그건 상대에 대한 회의나 분노라기보다는 그 사람의 변화의 속도와 방향을 눈치채지 못하고 있던 나 자신에 대한 자책일 수도 있다. 그 변화를 내가 감지하지 못했다는 사실을 인정하고 싶지 않기 때문일 수도.

"그냥 인정해. 사람이 변한 걸 네가 못 알아챈 거야. 이런 일이 생긴 건 그가 '나 이렇게 변했는데 몰랐단 말이야?'라고 쾅, 쐐기를 박아 주는 거야. 그러니까 '아아, 이 사람은 그런 사람이 아닌데……' 같은 생각하지 마. 지금의 그 사람의 모습을 분명히 관찰하고 현재 그 사람이 어디에 있는지를 봐. 그리고 판단해."

몇 달 동안 씨름하고 혼자 끙끙 앓던 내가 딱해 보였는지 선배가 거두절미하고 이야기해 주었다.

"이럴 때는 가장 이기적인 게 가장 현명한 거야. 그냥 너만 생각해. 상대방을 봐주는 건 네가 괜찮아지고 나서야."

무언가를 정리하는 일, 특히 인간관계 정리는 언제나 어렵고 할수록 복잡하다. 그래서 모든 것이 얽히고설켜 풀어내기 불가능한 실타래 같을수록, 통째로 버리지 않으려면 어디선가 끊어 내야 하는 것이다.

이기적이 된다는 것. 그래도 괜찮다는 말에 마음이 놓였다. 지금은 아프더라도 결국 시간이 말해줄 테니까. 10년 후에도 지금 내가 내린 결정이 잘못됐다고 생각된다면, 다시는 그런 선택을 하지 않으면 되니까.

그 말이 면죄부가 된 것처럼 나는 나의 짐을 내려 놓았다.

이기적이어도 괜찮아. 마음이 홀가분해졌다.

인생의 겨울에
서 있다면

겨울이 길다고
걱정하지 말자.

겨울이 길면
봄은
순식간에 찾아오니까.

슬픔이
　　　오는　　　　길

　세상에서 가장 하기 싫지만, 하지 않으면 안 되는 인사가 이별 인사다. 인사 없는 이별은 서로 공유해 온 존재에 대한 무책임한 방생이고 상대방과 나를 관통하며 지나온 시간에 대한 무례한 의전이기 때문이다. 그래서 나는 이별할 때 되도록 예의를 갖추고 아름답게 마무리하도록 최선을 다한다.

　이별은 언제나 어렵다. 대상이 무엇이든, 누구든 마찬가지다. 다니던 회사를 그만두거나 친한 동료가 다른 회사로 옮겨 갈 때, 지인이 바다 건너로 유학이나 이민을 갈 때, 사람과의 인연이 정리될 때, 우리는 어느 순간 멀어지는 거리를 실감하게 되고 아쉬움에 사로잡힌다. 지긋지긋한 관계를 정리할 때도, 언제나 그만두고 싶던 회사를 그만둘 때도 슬픔은 어디에선가 비집고 들어선다. 그리고 그것은 저 밑바닥에 눌러놓았던 감정을 흔들어 복잡하고 미묘하게 섞어 놓는다.

오랫동안 곁에서 나를 격려해 주고 힘을 실어 준 친한 동생이 고향인 미국으로 돌아가게 되었다. 나에게 쏟아부어 준 마음이 언제나 고마웠는데 내 마음을 제대로 표현한 적이 없는 것 같아, 대한민국의 종점까지 데려다주고 싶었다.

체크인을 하고 게이트 안으로 들어가기까지 남은 세 시간. 그 시간의 어느 지점에서 우리는 작별 인사를 해야 했다. 그곳에서 그와 함께 시간을 보낸다면 나는 게이트로 들어가는 그의 뒷모습을 보게 될 것이다. 그는 떠나고, 나는 남겨지게 된다.

남겨지는 것이 싫어 그 자리에서 그와 포옹한 뒤 작별 인사를 했다.

"미국에서 보자. 3개월 뒤에 갈게."

나는 동생을 안으며 생각을 멈추었고 미국에서 보자는 말만 머릿속으로 되뇌었다. 눈을 쳐다보지도, 마음으로 느끼지도 않고, 머리로 말하고 포옹을 마쳤다. 슬프지 않았다. 아니 슬픔을 피했다고 해야 옳다. 슬픔이 오는 길을 미리 알고 다른 길로 돌아간 것이다.

이것은 내가 자주 쓰는 방법이다. 사람을 떠나보내며 눈물을 흘리는 게 싫어 찾아낸 방법. 이별하는 자리에 가서 상대방을 먼저 보내지 않고 내가 먼저 돌아 나오는 것이다. 남겨지기보다 먼저 떠나는 편이 덜 슬프기 때문이다.

그리고 공백의 길이를 가늠할 수 없는 "잘 지내"라는 인사 대신, 짧은 시간 혹은 정해진 기간 안에 다시 만날 약속을 건넨다. "한 달 뒤에 보자", "올가을에 놀러 갈게"라는 말로 시간을 제한해 버린다. 약속이라기보다는 서로의 슬픔을 상쇄시키는 위로의 고백. 그것이 지켜지지 않더라도 아쉬워하고 미워하는 일은 아마 없을 테니까.

과거에는 이별의 시간이 되면 앞으로 서로를 영원히 만나지 못할 수도 있다는 생각에 부둥켜안고 펑펑 울었지만, 이제는 마지막인 줄 알고 헤어져도 다시 만나게 되는 관계도 존재한다는 것을 깨달았다. 만나야 하는 인연은 어떻게든 만나게 되니까. 그래서 내가 한 약속은 어찌 보면 백 퍼센트 거짓은 아니다. 미루어질 것이 분명한 약속일 뿐.

그날, 집으로 돌아오는데 눈물이 났다. 그건 슬픔이 오는 길을 돌아가느라 수고한 내가 흘린 땀방울이었을 것이다.

이젠 나,
많이 사랑해 줄게

문득 눈을 감고 내 얼굴을 기억해 보았다.
잘 생각나지 않던 공백에
당황스럽게도 네가 침범해 들어왔다.
가지런하게 잘 정돈된 눈썹,
양쪽 눈에 다른 크기로 자리 잡은 쌍꺼풀,
푸른 수염이 시작되는 위치,
날렵한 콧날까지.
내게서 이미 멀어져 버린 너의 얼굴은 이렇게도 세
세히 또렷한데,
수십 년을 나와 가장 가까이에서 함께해 온 내 얼굴이
아이러니하게도 기억나지 않는다.

나는 내 얼굴과 공존하며 평생을 살았지만
내 얼굴을 들여다보며 산 시간은 많지 않았나 보다.

너만을 들여다보고 너만을 쳐다보며 살았고
내 얼굴 따위는 기억조차 나지 않을 만큼 너만을
바라보았는데,
너는 이미 내게서 떠났고,
내 얼굴도 잘 기억하지 못하는 나는
잊었던 내 얼굴이 가여워 눈물이 나기 시작했다.

네가 그리워서 흘린 눈물은 아니다.
바보처럼 내 얼굴을 잊고 산,
나에 대한 안타까움의 표현일 뿐.

생각 없이 너무 쉽게 마음을 열어 준 것이 분명하다. 출처를 알 수 없는 이메일이 꾸준히 날아든다. 세일, 쇼핑, 공동 구매, 심지어 물건을 우선 배달해 줄 테니 써 보고 나서 반품하라는 메일까지 줄을 서 있다. 딱히 사야 할 것이 없는데도 반값 할인 문구들은 눈을 자극하고 마음을 요동시켜 결국 나는 그 사이트에 접속하고 만다. 수많은 물건들은 포토샵의 힘을 빌려 우아한 자태를 뽐내고 내 마음을 유혹한다.

홈쇼핑 채널도 마찬가지다. 채널을 돌리다가 흥분한 쇼핑호스트가 펼치는 하이 톤의 음성을 들으면 꼭 사야 할 물건처럼 느껴지듯 그들의 말에는 사람의 마음을 끄는 묘한 힘이 있다.

연애도 그런 게 아닐까. 직장에 다니고 있고, 시간을 쪼개어 취미 생활도 하고 있고, 함께 수다를 떨어 줄 친구도 있다. 그래서 현재 사랑할 사람이 딱히 필요한 건 아닌데, 드라마는 온통 사랑 이야기투성이고, 밸런타인데이, 화이트데이, 크리스마스 등 각종 기념일은 꼬리에 꼬리를 물고 너도 연애하라고 부추기고 있으니까.

지금 내게 없고 주위에 존재하지 않는다면 딱히 필요하지 않다는 이야기인데 '필요할 거야'라는 착각에 빠지게 만드는 스팸 메시지와 환경이 정작 아무것도 필요하지 않은 나를 혼란스럽게 만드는 것은 아닐까.

연애를 하고 있어도, 하지 않고 있어도 외로움은 고스란히 존재한다.

연애하면 외롭지 않을 것이라는 기대는 착각이고, 사랑하는 사람과의 만남은 외로움을 잊게 만드는 짧은 마취 같은 것이다. 상대방에 대한 열정이 외로움의 통증을 그저 덮고 있는 것일 뿐, 외로움은 여전히 그 자리에 남아 있다. 잠깐의 마취는 통증을 덜어낼 수 있어도 그것을 근본적으로 없애지 못한다. 어차피 견뎌 내야 하는 아픔이라면 다른 것에 의지하지 않고, 사람에게 기대지 않고 혼자 오롯이 견뎌 보면 어떨까.

세상이 보내는 메시지에 마음을 쉽게 열어 주지 말고, 혼자 있어서 좋은 것들에 주의를 기울여 보기. '막장 드라마'를 쓰지 않아도 되는 현실에 감사하며 나에게 주어진 시간을 마음껏 즐기기. 혼자일 때는 혼자임을 즐기고 사랑하는 사람이 생기면 최선을 다해 연애하기. 없는 것에 집중하지 말고, 있는 것들을 즐기는 것이 외로움을 마취시키지 않고 근본적으로 극복해 나가는 길 아닐까?

당신은   빛나고   있는가

사람과의 관계에서는
내가 과연 빛나고 있는지,
기쁨으로 반짝이고 있는지를 볼 수 있는
마음의 눈이 있어야 한다.

누군가를 만났을 때
좋다가도 이내 힘들어지고
내가 가진 반짝이던 빛이 쇠하고
에너지가 소모되거나 고갈되고
내 마음에 기쁨이 없다면
나는 빛나고 있는 것이 아니고,
빛나고 있지 않다면
그것이 무엇이든 그만두어야 한다.

그런 사람이 있었다.
만나면 기분 좋고 가슴 설레고
손잡고 싶고 함께하고 싶은 사람.
하지만 그는 나를 빛나게 하지는 않았다.

그만 생각하면 나는 한없이 바닥으로 끌려 내려갔고
항상 그를 걱정해야 했고
항상 그를 챙겨야 했고
항상 그를 잃을까 두려워했다.
그를 사랑한다는 것을 제외하고는
모든 것이 암흑 속에 있는 것 같았다.
그를 바라보는 내 눈빛은 반짝거렸지만
내 마음의 빛은 계속해서 사그라졌다.

다른 사람들을 만날 때

나의 빛이 되살아나는 것을 보며

그가 나를 빛나게 하는 사람이 아니라는 걸 깨달은
순간,

나는 아팠지만 그와 멀어져야 했다.

그게 나를 지키는, 나를 사랑하는 최선의 길이었으니까.

낙엽

나는 당신의 삶 어디쯤 흩어져 있는지
가을날 즈려밟고 갈 마른 잎사귀처럼
어딘가에 고요히 잠겨 있는지.

행여 당신의 가을 산책에
바스락대는 소리 하나 나거든
흘러간 사람의 부서진 마음임을
기억해 주길.

낙엽

어
떤

그
리
움

어떤 그리움은
빛에 젖은 여름비.

바라볼수록 눈이 시려와
고개 숙이면 목덜미에 내려앉는
다정한 얼음처럼
와락, 마음을 덮치는
빛의 폭풍.

혀끝에 담았다가
결국 삼키고 마는
너의 이름 같은 것.

Part 3.

눈물을
그치는
타이밍

가장 젊고 단단할 때
치열하게 앓고 지나가면
강한 면역력이 생길 테니까.

결혼이라는   시소 게임

이 사람 정도면 괜찮을 걸까, 싶은 생각이 들 때가 있고
이렇게까지 해야 하나, 싶은 생각이 들 때가 있다.

이 두 가지 생각을 오가는 사이
한 해가 또 가 버렸다.

질투와
부러움 사이

그녀가 말했다.

서글픈 생각이 드는 때는,
내 몸의 탄력이 떨어진 걸 깨닫는 순간이 아니라
탄력 넘치는 그녀들의 몸을 보는 순간이라고.

눈물을
그치는   타이밍

배가 부를 때는 식사를 멈추고
졸릴 때는 자면 되는데
눈물이 흐를 때는 어느 타이밍에 멈춰야 하는 걸까.

누군가 토닥이며 위로해 줄 때까지일까,
온몸의 수분이 말라 눈물이 나오지 않을 때까지일까,
울다가 갑자기 다른 생각이 날 때까지일까,
내가 왜 울고 있는지 잊어버릴 때까지일까.

눈물을 그쳐야 하는 타이밍이 분명히 있는데
혼자 있다가 눈물이 터질 경우에는
그 타이밍을 맞추기가 쉽지 않다.
어떤 동기나 계기가 없이 눈물을 멈추기에는
울고 있던 나 스스로에게 무안해지기 때문이다.

이럴 땐 잘못 걸린 전화라도 와 주길.
적당하고 합리적인 이유로
고상하게 눈물을 멈출 수 있게.

전화번호
미스터리

굳이 산속으로 도망가지 않아도,
굳이 칩거하며 '잠수를 타지' 않아도,
휴대폰 하나만 바꾸면
인간관계는 쉽게 정리된다.
사실 많은 사람들이
일상에서의 이런 탈출을 꿈꾸지 않는가.

그럼에도
휴대폰이 초기화되거나
실수로 전화번호부가 모두 날아가 버리면
인생이 끝난 것처럼 심장이 내려앉고,
사라진 연락처를 복구하기 위해 호들갑스러워지는 건
무슨 아이러니일까.

다시,
　　사랑할 수 있을까

모든 일에는 순서가 정해져 있다.
어린아이로 태어나 소년기를 지나고 어른이 되는 것,
겨울이 지나면 봄이 되고 여름이 오는 것,
단역과 조연을 거쳐 주연이 되는 것,
인내와 기다림으로 시간을 순행하는 것이
자연스러운 과정이다.

사람을 사랑하는 것 또한 자연스러운 일이지만
사랑하는 과정에서 순서가 무시되는 것 또한
자연스러운 흐름이기도 하다.
마음을 확인하는 일이나
사귀기로 약속하는 일이나
입 맞추는 일이나
모두 자연의 섭리와 같은 질서가 필요하지만,
이 모든 순서가 헝클어질 만큼

사랑은,
사고처럼 한순간 한꺼번에 일어나기도 하고
앞뒤 순서가 순식간에 뒤섞이기도 한다.

급작스럽게 들이닥친 입맞춤 뒤에야 증명되고
흔적 없이 소각되고 난 뒤에야 알아차리는,
들쑥날쑥 튀어 오르는 난장판 같은 사랑.
그건 뒤죽박죽 얽힌 순서에 발을 맞출 수 있을 만큼
내 젊음의 치기와 순발력이 재빠르게 반응했던 때에나
가능했던 일이다.

시간이 갈수록 사랑이 어려워지는 건,
익숙해진 방법을 고집하기 때문이고
느리게 사는 것에 길들여지기 때문이고
무뎌진 내 마음이 쉽게 동요하지 않기 때문이다.

한마디로,
쉽게 귀찮아지는 마음의 새로운 습성 때문이고
쉽게 피곤해지는 몸의 새로운 습성 때문이다.

이렇게 변해 버렸는데.
다시, 사랑할 수 있을까.

골드 미스 다이어리

카페에 앉아 있는데 누군가 말을 건다. 다음 달에 한 호텔에서 와인 파티가 열리는데 커플 매치 형식으로 남녀를 초대해 이벤트를 벌일 것이라며 결혼 정보 업체의 명함을 내민다. 그러고는 내게 연락처를 적어 달라고 했다. 그가 내민 서류철에는 스물대여섯에서 서른한두 살 된 여자들의 연락처와 출신 대학, 주소가 빼곡하게 적혀 있었다.

나는 그녀들의 이름을 눈으로 스캔했다. '결혼하고 싶어요'라는 마음을 담은 귀엽고 올망졸망한 글씨들이 눈에 들어왔다. 그는 내게 일단 파티에 참석하는 것을 약속하고, 부모님과 함께 와서 결혼 상담을 받으라고 했다.

이런 문제를 부모와 상담할 나이는 이미 지났는데. 속으로 피식 웃었다. 나는 상담은 하지 않겠다고, 그리고 아마 그쪽에서 나를 받아 주지 않을 것이라고 말했다. 남자는 고개를 갸우뚱거리며 말을 이었다. 신생 회사이지만 성혼율이 높고 이번 달에도 벌써 열 커플 이상이 결혼을 하니까 안심하고 상담하셔도 된다고.

조금 귀찮아진 나는 남자친구가 있다고 말하면 가겠거니 하는 마음에 "남친 있어요"를 선언하고 마무리 지으려 했다. 그런데 그가 고쳐 앉더니 대뜸 이렇게 묻는다.

"그분과 결혼하실 건가요? 남자친구가 있지만 회원이 된 여자분들도 많아요. 결혼이랑 연애는 따로 생각하는 게 현실이니까."

남자친구가 있다는 대답에 되돌아온 반응은 '결혼'을 할 만한 사람이냐 아니냐는 질문이었다.

언제부터 이런 세상이 되었을까. 사랑 때문에 결혼하진 않는 세상. 사랑만 갖고는 결혼하지 않는 세상. 사랑은 사랑일 뿐이고 조건 봐서 결혼하라고 권유하는 세상. 조건을 보고 결정한 뒤 거기에 마음까지 가면 더 좋은 것이 결혼. 이제 사랑만으로 결혼한다는 건 주가가 폭락하는 주식을 사듯 위험하고 아찔한 일로 전락했다는 선언을 듣는 것 같았다.

그러니 '사랑밖에 난 몰라' 같은 가치관을 가진 여자들은 세상이 모두 "위험하다"고 하니 자기 소신대로 길을 가기가 어렵고, 그렇다고 조건만 보고 결혼하는 여자들에 대해서는 "남자를 물주로 안다"고 몰아붙이며 고운 시선을 주지 않으니 그 사이에서 그녀들은 혼란스러울 수밖에.

이도 저도 모르겠고, 내 한 몸 먹여 살릴 능력 정도는 있으니 그냥 당분간 이대로 혼자 살고 싶다는 그녀들이, 그래서 많아지는 것 아닐까.

"전 이미 서른 살을 한참 지났답니다."

그를 빤히 쳐다보며 '돌직구'를 날렸다. 토끼 눈이

된 그는 정말이냐고 되묻고, 참 동안이시라고 말하고는 군말 없이 짐을 챙긴다.

멀어지는 그를 보면서 다시 한번 깨달았다. 애인이 있어도 다른 사람과 결혼할 수 있다고 권유하는 사회, 그렇게 성스러운 결혼을 쉽게 여기는 사회, '골드미스'라고 겉으로는 추앙하지만 나이 많은 여자들은 결혼 대상에서 소외되는 사회가 바로 내가 사는 사회라는 것을.

자리에서 일어난 남자는 눈인사를 하고 한 테이블을 건넌 뒤 벽 쪽에 앉아 있는 두 명의 여성에게 다가간다. 남자의 자기소개가 끝나자 반신반의하면서도 반짝이는 그녀들의 눈빛이 내가 앉은 자리까지 반사되었다. 한 여성은 고개를 젓고 친구의 반응을 기다린다. 남자친구가 있다는 뜻이다. 계속해서 이야기를 나누는 결혼 정보 업체 남자와 두 명의 여자.

나는 남자친구가 있다는 그녀가 그 리스트에 자기 이름을 올리는 것을 보게 될까 봐 재빨리 일어나 밖으로 나왔다. 갑자기 들이닥친 햇빛이 너무 쨍해 눈이 시려 왔다.

'찌질하게'
살지 말기로 해요

"종신보험 해약해 버렸어."

어느 날 그녀가 신이 나서 말했다. 매달 10만 원이 넘게 돈을 붓고 있지만 자기가 죽어야 받을 수 있다는 걸 생각하면 우울하고 슬퍼진다고 얘기해 오던 그녀였다. 결국 남편도 아이도 없는 자기가 죽은 뒤에 나오는 돈이 갈 곳이 없다는 결론을 냈고, 그것은 5년 넘게 부어 왔던 보험의 해약을 의미했다.

"내가 나중에 쓰지도 못할 돈을 붓느라 지금 하고 싶은 걸 못한다는 건 말도 안 돼. 언제 결혼할지 모르고 안 할지도 모르는데 무턱대고 왜 돈을 붓고 있었을까. 내가 존재하지 않는 내 미래 때문에 지금 내가 찌질하게 살아야 해? 뭔가 잘못된 거지."

아마도, 유럽으로 여행을 가고 싶었는데 경비가 너무 비싸 동남아시아로 목적지를 돌려야 했던 일을 겪으면서 생각을 많이 한 모양이었다. 그녀는 살아 있을 때 좋은 음식을 많이 먹고 좋은 곳을 많이 여행하는 게 남는 것이라는 결론을 내리고, 찌질하게 살지 않는 삶을 실행에 옮기기 시작했다.

시장에서 실랑이하며 천 원을 깎고 있다가, 다 늘어진 고무줄 바지를 버리려다 다시 옷장에 집어넣다가, 영화 티켓 할인이 되는 카드를 찾기 위해 진을 빼다가, 오랫동안 기다려 왔던 뮤지컬 티켓을 놓고 R석과 S석 사이에서 고민하다가, 평소에는 전혀 문제가 되지 않던 것들이 문득 찌질하다고 느껴질 때가 있다.

그때가 바로 자기 삶의 패턴에서 벗어나 잠시 여유를 줘야 하는 순간이다. 배낭여행 대신 편안한 여행을 계획하든, 개인 트레이너를 붙여 운동을 하든, 청담동에 가서 런치보다 비싼 브런치를 먹든, 전신 마사지를 받든, 가끔 눈 질끈 감고 나를 위해 크게 지출하는 일은 사치가 아니다.

그녀가 그랬다. 가끔 그렇게 일탈하듯 돈을 쓰면 나 자신에게 사랑받고 있다는 느낌을 받는다고.

지금까지 다른 사람들을 위해 많이 양보해 왔으니까 가끔은 내가 나를 사랑하고 아끼고 있다는 사실을 스스로에게 알려 줘도 되지 않을까?

'나를 귀하게 여겨야 한다는 것'을 스스로 인식하게 만들어 주는 것만으로 이런 일탈은 의미 있다. 사치라기보다는 생존 본능에서 우러나온, 그러나 결코 저렴하지 않은 선택이지만 말이다.

서른
썸싱

스무 살에는 빨리 서른이 되어
단단해진 어른으로 살고 싶었지만
서른이 넘은 우리들은
서른이 넘어도 딱히 변하는 게 없다는 걸 깨닫게 된다.
서른의 우리들도 여전히 아프고 치이며
행복해하다가 휘청거리기도 한다.
죽을 것 같다가 엉겁결에 살아지기도 하고
시간이 멈췄으면 하는 기쁨의 순간도 온다.

서른 썸싱이 된다는 건
어떤 것에도 흔들리지 않게 된다는 게 아니라
흔들림 속에서 잘 견뎌 내는 방법을 알아 가게 된
다는 것이다.
그래서 세상을 다 가진 듯 기쁜 순간에
도리어 담담해지는 경험도 이때쯤 찾아온다.
지금 힘들다고 영원히 힘든 것도 아니고

모두 다 스쳐 지나간다는 것을
인정하게 되는 나이로 접어들기 시작한 거니까.

서른 썸싱,
생각보다 멋지진 않지만
생각보다 나쁘지도 않다.

감정에 솔직하게,
외로움은 치열하게

"가장 비겁한 사람은 자기 자신에게 솔직하지 않은
사람이야."

잡지사에서 에디터로 일하는 그녀가 활시위를 당
기듯 내게 말했다. 태닝을 한 것처럼 건강해 보이는
까만 피부의 그녀는 빨간 립스틱 하나만 발라도 생동
감이 느껴질 정도로 통통 튄다.
삼십 대 중반을 넘어가고 있지만 그녀의 얼굴에는
그늘이 없었고, 갓 만들어 놓은 휘핑크림처럼 언제나
신선하고 쫀득거렸다. 그녀는 느끼는 대로 표현하고
생각하는 대로 말하며 감정을 숨기지 않았고, 그것은
그녀의 독특한 매력이었으며 이는 패션에도 고스란
히 드러났다.

거침없이 솔직한 그녀에겐 남자 또한 끊이질 않았
다. 죽어 버리겠다고 매달리는 열 살 연하부터 그녀

하고만 일하는 디자이너, 그리고 은밀하게 밑밥을 던지는 유부남 클라이언트까지. 남자들은 줄을 서고 또 섰다. 어른이 된 다음에 고백하라고 핀잔을 주고, 연애하려면 이혼하고 오라며 으름장을 놓아도 남자들은 그녀를 목말라했다.

3년간의 화려한 연애를 끝낸 그녀와 커플링을 되판 돈으로 위로주를 마시던 밤. 그녀는 내게 말했다.
지금까지 한 번도 혼자서 지낸 적이 없다고. 항상 주위에 누군가가 있었다고. 그건 외로움 때문이었다고.

지금까지 보여준 발랄함과 유쾌함이 다 거짓인 것처럼 느껴질 정도로 그녀는 내게 솔직한 마음을 털어놓았다. 외로움을 이겨 내거나 외로움을 다스리며 살아가는 방법을 배웠어야 했는데, 그걸 배우지 못했다고. 그래서 자신의 인생은 어떻게 보면 실패한 것이라고.

그녀가 외로움이라는 감정을 느낄 새도 없이 한 사람이 떠나가려 하면 다른 사람이 그 자리를 꿰차고 들어왔다.

이 과정이 반복되는 동안, 외로움은 그녀에게 면역체가 생성되지 않은 공포스러운 바이러스가 되었다. 그래서 이제는 자기 주위에 사람이 없으면 견딜 수가 없게 되어 버린 것이다.

'사랑을 많이 받는다는 것도 이렇게 고통스러울 수 있구나.'

그녀의 눈을 바라보고 있는 나를 향해, 그녀가 웃으며 말했다. 몇 달간 남자를 만나지 않고 지내보겠다고, 까짓것 외로움과 맞부딪쳐 보겠다고. 다른 사람들보다 늦었지만 혼자 견뎌 보기에는 지금이 가장 좋은 시간인 것 같다며 결연한 다짐을 늘어놓던 그녀는 초등학생처럼 또랑또랑한 눈으로 이렇게 물었다. 외로움은 어떻게 견디면 되냐고.

"자기 자신에게 솔직해지면 돼. 네가 언제나 얘기했던 것처럼. 힘들면 힘들다고 하고, 괜찮지 않으면 괜찮지 않다고 말하고. 외로우면 외로워하고. 그러다 눈물이 나면 그냥 울고."

외로움이 모든 사람이 언젠가 반드시 앓고 지나가야 할 홍역 같은 것이라면, 어렸을 때 겪어 내는 게 어쩌면 더 현명할 수도 있겠다는 생각이 들었다. 가장 젊고 단단할 때 치열하게 앓고 지나가면 강한 면역력이 생길 테니까.

지금이라도 피하지 않고 겪어 보겠다는 그녀의 용기가 담긴 발언이 내 마음에 작은 소란을 일으켰다.

그래, 어느 때든 한번 치열하게 겪어 내면 되는 거야.

난생처음 자전거를 타듯, 혼자 돌아가는 그녀의 발걸음이 조금은 위태해 보였지만 나는 그런 그녀의 뒷모습이 더 좋아졌다.

혼자라서　　　좋은 것

짐을 챙겨 들고 나섰다. 결정에서 실행까지 그다지 오래 걸리지 않았다. 차에 시동을 거는데 상쾌한 바람이 나를 목적지까지 데려다 놓을 듯한 기세로 달려들었다. 나는 바람에 떠밀려 가면서 오랜만에 깊은 소리를 내어 웃었다. 혼자라서 좋은 건 바로 이런 때다.

가사와 육아로 힘들어하는 친구들은 하나같이 말한다. 결혼을 반납하고서라도 다시 찾고 싶은 것이 있다면, 그건 자유라고. 누구에게도 제한받지 않고 하고 싶은 것을 마음대로 할 수 있는 자유, 한 번 잃고 나면 다시는 찾기 어려운 싱글의 자유를 아직까지 내가 손에 쥐고 있다는 사실이 참 경이로웠다.

'혼자'라는 단어는 상태에 대한 정의이지 감정에 대한 정의가 아니다. 그런데도 사람들은 혼자라고 하면 으레 '외로움'과 동일시한다. 그건 마치 '결혼'이라는 상태와 '행복'이라는 감정을, '실직'이라는 상태와 '괴

로움'이라는 감정을, '가을'이라는 상태와 '쓸쓸함'이라
는 감정을 똑같이 의식하는 것과 같다. 하지만 상태는
상태이고 외로움, 행복, 괴로움, 쓸쓸함은 그 상태에서
느낄 수 있는 여러 가지 감정 중 하나일 뿐이다.

그럼에도 우리는 상태를 곧 감정인 것처럼 착각하
고 빠져드는 오류를 범한다. 게다가 사람에게는 내가
집중하고 있는 것만 보게 되는 묘한 구석이 있다. 혼
자라서 쓸쓸하다고 생각하면 쓸쓸한 이유만 떠오르
고, 혼자라서 좋다고 생각하면 좋은 이유만 두서없이
솟아오른다. 그러니 굳이 우울한 상황에 내 생각을
고스란히 쏟아 놓을 필요가 없다.

창문을 열고 속력을 냈다. 갈 곳을 정하지 않고도
길을 따라 달릴 수 있다는 사실이 새삼 놀라웠다. 우
리는 언제나 목적지를 정해야만 시동을 거는 인생에
익숙하니까.

동해안으로 바닷바람을 맞으러 가 볼까, 안면도로 빠져 석양을 보고 올까. 아니면 별빛 쏟아지는 강원도의 밤을 지내고 채식으로 차린 아침 정찬을 먹을까. 단꿈을 꾸듯 표류하는 상상력에 미소가 떠올랐다. 혼자라는 건, 최고의 선택인 거야. 적어도 지금, 이 순간만큼은.

그녀들의   속마음

＊＊

서른 이후에 싱글로 남아 있는 것이
가장 슬플 때는
내 연애의 역사가 이대로 막을 내린 건가 하는 불안감.
그걸 모르고
마지막 연애를 그냥 끝내 버렸나 하는 아쉬움이 찾
아들 때.

솔직히,
그것 말고는
싱글로 지내면서 서운한 때는 많이 없다.

'밀당'은
이제 그만

빨리 오세요, 봄!
이제 그만 좀 튕기시고.

Part 4.

혼자만의
소요

혼자만의
소요

답을 얻지 못해도
삶은 살아진다.

드러내지 않게   되는 것들

세월을 묵묵히 담아낸 거친 발.
꽃피듯 피어오르는 주근깨.
소소한 선행.
우연히 알게 된 다른 사람의 비밀들.
사람에 대한 나의 판단.
찰나의 내 생각.

이젠 드러내지 않게 되는 것들,
혹은 드러내고 싶지 않은 것들.

어른들은 왜 자기 생각에
갇혀 버리는 걸까

어른이 될수록
자기의 생각과 행동에 정해진 패턴이 생겨
예측할 수 있는 사람이 된다는 건
어떻게 보면 다행스러운 일이다.

문제는
남들이 그것을
고집이라고 부른다는 데 있다.

클래식에
　　눈물 흘리다

고등학교 때까지 클래식 피아노를 쳤지만
한 번도 모차르트나 멘델스존이
내 가슴을 울린 적은 없었다.
머리로 연주하기에도 내 손은 너무 바빴으니까.

지난겨울 조그만 콘서트홀에서
멘델스존의 '피아노 삼중주 제1번 D단조 2악장'을
듣고 있는데
가슴 한구석에서 스트링이 팽팽하게 당겨지듯
묵직한 느낌이 내려앉았다.
작곡자를 진동시킨 감정의 주파수가 고스란히 내
게 맞춰지는 느낌.
그 뒤로 자꾸만 클래식에 관심이 갔다.
한 곡 한 곡이
수백 년의 세월을 거슬러 올라 내게로 다가오며
농익은 이야기를 들려주는 것 같았다.

이런 변화의 시작점은 알아챘지만 이유를 알지 못해
그럴듯한 생각들을 채집하러 다니던 중,
친한 동생에게 이런 이야기를 들었다.

자기는 이제 TV를 틀면 다큐멘터리에 눈이 가고,
놀이동산보다는 동물원으로 발걸음이 옮겨지고,
록 뮤직이나 아이돌의 댄스 뮤직보다는
클래식과 구성진 판소리에 귀가 꽂히기 시작했다고.
벌써 몇 년 전부터 그랬다고.

누구는 나에게 나이가 드는 중이라고 했고,
누구는 나에게 철이 드는 중이라고 했다.
그것이 나이든 철이든,
'든다'는 건,
사람이 들고 나듯이
무언가가 채워진다는 것.

단풍에 물이 들고 빠지듯

다른 색깔이 입혀진다는 것.

햇볕이 잘 들듯

많은 것을 수용할 준비가 되었고,

밖으로 드러내도 부끄럽지 않은 나이가 되었다는 것.

모르는 것은
10년 후에 묻기로

이해할 수 없는 것들이 너무 많다.
끊임없는 질문들이 초침처럼 딸깍거리며 쌓여 가고,
돌무더기에 묶어 놓은 부표처럼 제자리를 맴돈다.

이유를 모르는 것들이 너무 많다.
답이 없는 질문들이 우박처럼 매섭게 쏟아지고,
1분 단위로 공전하게 된 달처럼
내 주위에서 차고 기울기를 반복한다.

내가 뭘 잘못했는지,
왜 이렇게 되어 버렸는지,
어떻게 되돌릴 수 있는지,
내가 뭘 어떻게 해야 하는 건지.

끊임없이 생산되고 소비되는 질문이
혼자만의 소요로 끝나듯,
이해하지 못했는데도 세상은 돌아가고
답을 얻지 못했는데도 삶은 살아진다.

그러니
이 모든 것은 10년 후에 묻기로 한다.
그때에도 궁금하다면.
그만큼 사랑했다면.

외로움이란

사람은 누구나 외롭다.
외로워하지 않는 것처럼 보이는 사람들은
실제로 외롭지 않은 것이 아니라,
외로움을 밖으로 표현하지 않거나.
외로움을 표현하는 방법을 모르거나.
외로움을 표현하는 방법이 다를 뿐이다.
혹은
외로움이라는 감정에
휘둘리며 살아가지 않는 것일 뿐.

피할 수 없다면 즐겨라.
감정까지도.

그냥 옆에 있어 준다는
것만으로도

후배에게서 전화가 왔다.
2주 전, 내가 문자로 안부를 물은 것에 대한 답이다.
더듬어 보니 반년 전쯤,
이야기를 나누다 서로 마음이 엇갈리며
전화를 끊었던 것 같다.
그리고 3개월 전쯤에는 내가 전화를 했었고
그녀는 받지 않았다.

반년 만에 전화를 건 그녀는
그때 맘이 좀 상했었다고,
내 문자는 받았지만 연락하지 않았다고 고백했다.

“아. 그랬어?”
“내가 왜 그랬을까.”
“상태가 ‘메롱’이었나 봐.”

하지만 우리는 서로 굳이 미안하다는 말은 하지 않는다.
그 미안함이 우리 사이를 가를 정도라면
미안하다는 이야기는 진즉에 했어야 했다.

우리는 반년 동안의 안부를 묻고
키득대다가 낄낄거렸다.
서운함이나 짜증은 없었다.
누가 옳고 그른 것도 아니었고
내가 잘했거나 그녀가 잘못한 일도 아니었고
서로 생각이 달랐을 뿐이니까.
10년간의 관계에 켜켜이 쌓아 놓은 우정은
천 겹의 잎사귀를 꿈꾸는 밀푀유처럼
소란함을 가라앉히고 지나갔다.

사소한 일에 파르르 떠는 일이 줄어들고
불쑥 화가 올라오다가도
또 쉽게 가라앉기도 하는 요즘.
때로는 대체 무엇에 화가 나 있었는지 가물거리기
도 하고,
기분이 나빴었다는 감정의 여운은 남아 있지만
그 이유는 생각나지도 않고
굳이 파헤쳐 다시 생각해 낼 관심조차 없다.

싸우든 삐치든 툴툴거리든
바스락거리는 소리를 내 주는 사람들이
내 옆에 있다는 사실만으로도 고마워지는,
어른이 되어 가는 하루들.

외로움에   바짝 다가서라

친한 언니에게 전화를 했다.

"웬일이야, 네가 먼저 연락을 다 하고."

이 한마디에 내 습성과 언니의 성격이 고스란히 드러난다. 나는 별일이 있지 않고서는 연락을 잘 하지 않는 스타일이고, 언니는 거침없이 말을 쏟아 놓는 '돌직구' 종결자다.

그래서 오늘따라 나는 언니의 목소리가 듣고 싶었다.

"무슨 일 있어?"

"아니."

"왜, 외로워?"

인생의 경험이 풍부해지면 큰 단서 없이도 다른 사람의 상태나 필요를 알아채는 탐정 같은 날카로운 눈이 생긴다. 우리는 그것을 '감'이라고 부르기도 하고, '촉'이라고 칭하기도 한다. 나는 다이얼을 누르고 "뭐 해?"라는 인사를 했을 뿐인데 언니는 내 마음을 간파하고 있었다.

외로움은 다른 사람과의 관계 부재에서 비롯된 문제가 아니라 내 마음 어딘가에 존재하는 공허함에서 비롯된다는 걸 알면서도, 외로움을 느낄 때는 누군가와 이야기를 나누고 싶다는 생각이 간절해진다. 그 시간만큼은 누군가 곁에 있어 외로움이 덜한 것처럼 느껴지니까.

나의 복잡하고 미묘한 생각을 누가 알아줄까. 나도 정확하게 표현할 수 없는 흐트러진 감정을 누가 공감해 줄 수 있을까. 휴대폰을 만지작거리며 대화를 나눌 사람을 찾고, 생각의 생각을 타고 이름을 뒤적거리지만, 통화 버튼을 누를 수 있는 사람은 희한하게도 거의 없다.

간혹 희망을 걸고 누군가에게 전화를 걸면, 수화기 너머로 육아에 지친 친구의 허스키한 목소리나 상사에게 받은 스트레스 때문에 격앙된 친구의 목소리가 들려온다. 외로움을 호소하려던 나는 이내 주눅이 들어 버린다. 먹고사느라 아등바등한다는 그들의 표현을 빌리자면, 나는 그저 배부른 소리를 하는 것에 불과하다. 그러니 그냥 안부를 묻고, 그들을 위로해 주며 전화를 끊어야 할 뿐.

물론 나를 걱정해 주는 사람들과, 내 마음을 정확하게 이해하진 못해도 내 전화를 받아 주며 이야기를 들어 주는 사람들과, 기운 내라고 응원해 주는 사람들이 있음에도 불구하고 오롯이 느껴지는 외로움. 외로움은 부메랑처럼 다시 돌아오고 결국 다른 사람을 통해서가 아니라 내가 풀어야 할 숙제라는 것을 깨닫게 된다. 그래서 외로울수록 다른 사람과 새로운 관계를 만들거나 무의미하고 시끄러운 만남으로 허함을 채우려 할 것이 아니라, 한발 물러서서 내 안을 깊이 들여다봐야 한다. 마치 외로움의 근원을 찾듯이 말이다.

"사람은 누구나 외롭잖아. 가족이 있어도, 애인이 있어도, 친구가 있어도, 결국 사람의 본질은 외로운 거야. 난 말이야, 결혼하면 괜찮아질 거라고 생각했는데 아니더라고. 남편이 있는데도 외롭다는 사실이 날 더 외롭게 만들어. 참 웃기지?"

언니는 외로움이 사라지길 기대하기보다는 외롭다고 느껴지는 순간을 잘 넘기고, 그 속에서 흔들리지 않게 나를 잘 지켜 낼 수 있는 방법에 신경을 쓰라고 했다. 그러기 위해서는 외로움에 다가가 보라고. 무엇이 외로움을 느끼게 만드는지를 보라고. 그 속을 들여다보면 누군가로부터 아낌없이 사랑받고 싶은 자아가 있을 수도 있고, 내 이야기를 들어 주고 공감해 줄 누군가를 찾는 자아가 있을 수도 있다고. 바짝 다가서서, 그것이 무엇인지 들여다보라고.

언니는 나보다 훨씬 더 외로웠었고, 그래서 외로움
을 이겨 나가는 방법을 나보다 앞서 깨우친 듯했다.
그래서 그녀는 내 목소리만을 듣고도 직감했을 것이
다. 그 시간에, 그런 날씨에, 그런 목소리로 '그냥' 하
는 전화는 절대 '그냥' 하는 전화가 아니라는 것을.

그래. 외로움에 바짝 다가서자.
더 이상 가까이 갈 수 없을 만큼 가까이.

나는 나와 철저히 마주해 보기로 했다. 예상했던
위로나 격려의 말은 없었지만, 좋은 의사를 만난 뒤
안심이 되고 믿음이 솟아나는 것처럼 나는 어느샌가
미소를 짓고 있었다.

사실은,　　　모두 다 힘이 드니까

누군가 그랬다.
인생을 백으로 놓고 봤을 때
마흔아홉 번은 죽을 것 같이 힘든데
나머지 쉰한 번이 견딜 만하기 때문에
절반을 가까스로 넘겨 준 그 한 번이
나를 가까스로 지탱해 주기 때문에
앞으로 나갈 수 있는 거라고.

힘들지만 견뎌 보는 것.
하루를 견디고 나면
다음 날도 그만큼은 견딜 수 있게 되는 것.

힘들 때는 그렇게
어기적거리더라도,
몸부림치면서라도,
꿈틀거리면서라도 ,

견디고 있어야 하는 것.

그러다 보면
아이러니하게도 앞으로 조금 전진해 있는
나 자신을 발견하게 되는 것.

어떤 시기에는
그냥 그렇게라도 버텨 주는 나에게
고마워하는 것이
내가 할 수 있는 유일한 일인 것을.

오늘은
오늘을 살아갈 　　　힘만

오늘 우리에게 주어지는 건
'오늘'을 살아갈 힘이다.

오늘을 잘 견뎌 내면,
'내일'을 살아갈 힘은
내일 주어질 것이다.

어른이 될수록
좋은 것

다른 사람의 장단에
휘둘리지 않는 것.
때로는 내 감정의 장단에도
쉽게 놀아나지 않는 것.

아플 것 같은 길은 피해 가고
폭풍이 올 것 같을 때는
기다렸다 갈 줄 아는,
지혜 혹은 현명한 선택.
어른이 될수록 좋은 것.

나도
내 인생이
처음이라서

'서른의 나'도 처음 살아본 서른이었고,
'마흔의 나'도 처음 살아보는 마흔일 것이다.
매해가, 매일이
모두 '처음'일 테니
나에게 너무 욕심내지 말자.
다그치지 말자.

첫 발걸음을 내딛다 실패한 아이에게
다정히 건네는 응원,
"처음엔 누구든 다 그래"처럼

나에게도 그만큼의 여백을 허락한다면
후회되는 일이 많아도
다 그만두고 싶다가도
주저앉아 울다가도
다시 일어날 용기가 생기지 않을까.

내 인생을 처음 사는 나에게
조금 더 관대해지자.
조금 더 다정해지자.

어제의 나를 지나
내일로 걸어간다

인생의 경험이 쌓일수록 삶이 선명해질 줄 알았다.
하지만 다음 해에 다다라도
답은 어디에도 보이지 않고
나는 곧잘 서성이거나 멈춰 서고
가끔 무모하게 질주하다 넘어지고
여전히 흔들리며 하루를 걷는다.

하나 달라진 건,
멈추거나 넘어진 나를 보채며
서둘러 일으키려 했던 시절이 있었다면
이젠 나에게 숨 고를 시간을 주기 시작했고
흔들리는 나를 부끄러워하지 않는 마음이 생겼다는 것.

삶은 어쩌면 또렷한 답을 찾는 일이 아니라
나에게 어울리는 답을 조각해가는 여정인지도 모른다.

내가 서 있는 현실과 불완전한 기대의 틈 사이에서
때로는 기대를 깎아내고
때로는 꿈을 덧붙이는 도전을 하는 것.

드라마틱한 변화보다
보이지 않는 작은 변화들이 촘촘히 깃든
일상의 무난한 시간들을
소중히 돌보기로 한다.

아무도 알아주지 않아도
나조차 눈치채지 못해도
내 안에서 분명히 자라나는 것들이 있으니까.

오늘도,
어제의 나를 지나 내일로 걸어간다.

Part 5.

나머지
삶의
시작점

나머지
삶의
시작점

너는 자기를 비추지는 않지만
다른 사람이 길을 잘 찾도록
빛을 비춰 주는 사람이니까.

사랑받는 게 무엇인지
느끼게 해주는 사람이니까.

나만의
위로 레시피

그런 날이 있다.
〈기억의 습작〉이나 〈서른 즈음에〉 혹은
새벽 감성 플레이리스트를 틀어 놓고
감정의 밑바닥까지 내려가야 직성이 풀리는 날.
그들의 노래가 내 마음을 어루만져 줄 것 같아
한참을 들으며 따라 불러 보기도 하지만
감정의 공유가 일어나면 일어날수록
나는 위로받지 못하고 더 깊이 가라앉는다.

방법을 바꿔 본다.
로맨틱 코미디나 명랑·순정 만화를 보는 것.
남들이 깔깔대고 웃는 장면에
생뚱맞게 눈물이 터져 나오지만
그렇게 한참을 울고 나면,
모두 각자의 짐을 지고
좌충우돌하는 모습을 보고 나면,

나만 이런 게 아니구나 싶어 괜한 위로가 된다.

슬픔에서 빠져나오는 건
의외로 간단할 수 있다.

지금,
잘 살고 있는 거야

뭘 하고 사는지도 모르겠고,
제대로 가고 있는지도 모르겠고,
잘 하고 있는지도 모르겠고,
모든 것이 질문투성이일 때.

내 인생에만 뭔가 빠진 것 같고,
나 말고 다른 사람들은 잘 살고 있는 것 같고,
나만 되는 일이 없는 것 같고,
자꾸만 늦었다는 생각이 들 때.

네가 이렇게 말했어.

길을 찾느라 헤매는 건
용감한 사람만이 누릴 수 있는 특권이라고.

그 길에서 내가 이만큼의 사람들과 만나 자라났고,
수많은 상황 속에서 선택하는 방법을 배웠고,
미련으로 남을 일들을 하나하나 없애 온 거라고.
많은 겁쟁이들은 미련을 가슴에 품고 그냥 살아간다고.
조금 돌아가는 것처럼 보일지 몰라도
그 길에서 얻은 것이 이렇게 많지 않으냐고.
그래서 넌 용기 있는 내가 부럽다고.

그렇게 얘기해 주니까
나, 꽤 괜찮은 사람이 된 것 같았어.
한 번도 그렇게 생각해 본 적이 없는데
의외로 지금 잘 살고 있는 걸지도 모른다는 생각이
들었어.

처음부터 남들과 다른 길을 가려 했던 건 아니지만
남들과는 다른 선택들을 하다 보니
남들과 다른 길을 걷게 된 거잖아, 네 말대로.

내가 해온 건
사람들과 다른 선택이었지
틀린 선택은 아니었으니까.

반짝반짝   빛나는

언니가 언젠가 그랬지.
어릴 적 거대한 꿈들을 꾸고
세상에 획을 긋는 멋진 사람이 될 거라고 믿었지만
생각만큼 세상은 녹록지 않았다고.
언니가 치열하게 발 딛고 일어난 곳은
생각보다 작고 보잘것없는 곳이었다고.
결국 이 정도로 인생이 마무리되는 것 같다고.

언니.
꼭 뭐가 되어야 하는 건 아니잖아.

언니가 둘러 주는 울타리에
얼마나 많은 사람들이 안도감을 느끼는지.
언니의 그늘 아래로 내가 달려가
얼마나 자주 쉼을 얻는지.
언니가 있다는 것만으로도

언니가 지금 우리와 함께 존재해 준다는 것만으로도
얼마나 큰 위로가 되는지.

거대한 꿈을 이루는 것이,
사람들이 알아주는 사람이 되는 것이
더 가치 있는 일인지는
사실 잘 모르겠어.

마치 등대처럼,
언니는 자기를 비추지는 않지만
다른 사람이 길을 잘 찾도록
빛을 비춰 주는 사람이니까.
사랑받는 게 무엇인지
느끼게 해주는 사람이니까.
언니는 이렇게도 아름답게
반짝반짝 빛나는 사람이니까.

걷다 보면   날은 밝는다

어둠은 영원히 머무르지 않는다.
새벽이 밀고 들어올 때
어둠이 가장 강하게 버티는 법이고,
아이러니하게도 그때가
어둠이 계속될 것처럼 느껴지는 때다.
가다 보면
걷다 보면
날은 밝게 되어 있다.

그러니 용기를 갖고
어둠 속을 걸어가자.
새벽을 향해.
이미 나를 기다리고 있는
빛을 향해.

기다림

기다림을 많이 연습하다 보면
죽을 것같이 느껴지는 더딤 속에
조바심을 내지 않는 법을 깨닫게 되고,
그러다 보면 오래 기다릴 줄 알게 되고,
어느 때 포기해야 하는지를 알게 되고,
무엇을 내려놓아야 하는지를 알게 되고,
미련하게 기다리지 않게 되고,
의외로 포기가 쉬워지기도 하고,
기다리던 것이 오지 않더라도
또 다른 희망을 품을 수 있게 된다.

알고 보면
기다림은 좋은 것이다.
그 과정을 잘 견뎌 낼 수만 있다면.

'쓰담쓰담'

내게 지금 필요한 것은
넌 할 수 있어, 하며 주먹 불끈 쥔 격려보다는
힘들지, 하고 토닥이는 따뜻한 품.
나라고 언제나 밝게 질주할 수는 없으니까.
나도 가끔은 지치고 주저앉고 싶을 때가 있으니까.
아무도 나를 이해하지 못한다고 여겨지는 밤이
아직도 이렇게 불현듯 찾아오니까.

인생은 언제나   반전

20년 만의 동창회.
전교생의 연인이던 그녀는 '돌돌싱'이 되었고,
말썽꾸러기 그 녀석은 잘나가는 회사 CEO가 되었고,
전교 학생회장 그분은 평범한 공무원 생활 중.
"걘 어쩌다 그렇게 됐다니?"
"네가 이렇게 대박 날 줄은 몰랐다!"
"와! 걔가? 정말?"
여기저기서 터져 나오는 놀라움의 탄성들.

20년 전의 모습으로는
아무도 지금 현재의 모습을 예측할 수 없었고,
애끓는 탄식이든 경이로움의 비명이든
서로의 변화를 놀라워하는 상황이 오리라고는
아무도 생각하지 못했다.

그렇다면
20년 후의 모습도 지금과 또 다를 것이다.

인생에는 반전이 있고,
솟아나는 타이밍이 있으며
묵묵히 기다려야 하는 시절도 있다.

그러니 아직은 끝이 아니다.
지금 나는 나머지 삶의 시작점에 와 있는 것이고
오늘의 나는 지나가는 과정에 서 있을 뿐이다.

부러움과 질투, 그리고 오만한 자신감이
무색무취로 토핑되어 있는 소란함 속에서
꼭 붙들고 있어야 할 것은
나 자신을 믿어야 한다는 점.

마치 죽은 것처럼 보여도

5년간 꾸준히 물을 주면

어느 날 갑자기 새순이 돋고

어느 날 갑자기 하루에 수십 센티씩 쑥쑥 자라나

마침내 20미터가 넘는 대나무가 되는 것처럼,

나에게도 꾸준히 물을 주자.

보이지 않아도, 믿기지 않아도.

모든 것이 죽고 썩은 것 같더라도.

괜찮아

"누가 내 험담을 하고 다녔대. 사람들이 나를 진짜 그런 애로 알면 어떻게 해."

다른 사람을 통해 흘러들어 온 자신의 험담을 듣게 된 친구가 시무룩하게 말했다.

괜찮아. 네가 생각하는 것보다 다른 사람들은 너한 테 크게 신경 쓰지 않아. 그냥 듣고 흘렸을 거야.

"얼굴선이 짝짝이가 되었어. 너무 티 나지?"

수술한 턱이 차이가 난다고 재수술을 운운하는 그녀가 걱정스러운 목소리로 말했다.

내 눈에는 차이가 없어 보였다.

괜찮아. 네 얼굴을 가장 오래 들여다보는 사람은 너니까 너한테만 크게 보이는 거야. 다른 사람들은 알지도 못할 거야.

"술 마시고 전화해서 뭐라고 했는지 기억이 안 나."

술에 취해 헤어진 여자친구에게 전화해 놓고 10분을 통화했다는 그가 창피하다는 듯 머리를 쥐어뜯었다.

괜찮아. 너는 술에 취해 진심을 쏟았는지 몰라도 그 사람은 술김에 하는 이야기로 들었을 테니까. 너만 잊어버리면 돼.

세상은 생각만큼 나에게 관심을 두지 않는다. 많은 관심을 두는 것처럼 사람과 사람 사이에 이런저런 일들과 이야기들이 생겨나지만 잠시 머무를 뿐, 모두 스쳐 갈 뿐이다.

사실 우리에게 남을 생각할 여유는 그다지 많지 않다. 당신이 지금 당신에 대해 이런저런 고민을 하는 것처럼, 다들 자기 생각으로 가득 차 있을 테니까.

참 좋은 나이

동네 할머니들은 나에게 "아기"라고 하고
엄마는 나를 보고 "참 좋은 나이"라고 한다.
나는 중·고등학생들을 보면
한창 좋을 때구나, 라는 생각이 드는데.

어른은 몇 살부터 어른인 걸까.
참 좋은 나이란 몇 살부터 몇 살까지인 걸까.

아직 어른이 되지 않았을 수도 있고
나의 지금이 참 좋은 나이일 수도 있다고 생각되자
갑자기 기분이 좋아졌다.

용기에   관하여

용기란
두려움이 없는 상태가 아니라
두려움에도 불구하고 그것을 선택하는 것이라고 한다.

나에게 용기란,
내가 무엇을 두려워하는지를 정확히 알고
그것에 맞설 각오를 하는 것.
그리고 선택을 향해 앞으로 나아가는 것.

두려움이 많다는 건
내 마음의 키가 자라날 가능성이 크다는 이야기다.
용기는 두려움을 에너지로 먹으며 자라나기 때문이다.

두려움을 나를 키우는 재료로 삼아라.
생각했던 것보다 훨씬 크게 자라난 내 모습을
볼 수 있을 테니까.

외로움도   변한다

"사랑이 어떻게 변하니."
라면 먹고 가라며 에둘러 사랑을 속삭인 은수에게
빠져 버린,
그러다 결국 상처 받은 상우의 날 선 푸념.

사랑은 변한다.
그리고 우정도 변한다.
좋은 감정도 싫은 감정도
모두 변한다.
슬픔도, 괴로움도 변하고
결국
외로움도 변한다.

그러니
지금 외롭다고
평생 외로운 것은 아니다.

으라차차

아직은 누구의 무언가가 아닌 내 이름으로 존재하고
아직은 마음껏 야근을 할 수 있고
아직은 내 돈으로 내 옷을 살 수 있고
아직은 가끔씩 브런치를 즐길 수 있고
아직은 친구와 여행을 갈 수 있고
아직은 밥을 하지 않아도 뭐라고 하는 사람이 없고
아직은 가끔씩 시간이 남아돌기도 하고
아직은 도덕적으로나 법적으로나 문제없이
연애를 할 수 있다는 것.

으라차차,
내 청춘!

Part 6.

인생은
아포가토

인생도 산책하듯
그냥 걷는 것도
나쁘지 않은 것 같은데.

두 개의   상자

영화 〈먹고 기도하고 사랑하라Eat Pray Love〉에서 줄리
아 로버츠는
저널리스트로 잘나가던 삶을 접고 자아를 찾기 위해
모든 짐을 정리하고 여행을 떠난다.

"제 인생 하나가 그 좁은 데에 다 들어가네요."
평생 가지고 살던 짐이 단출하게 추려져 트럭 한 대
에 실리자
그녀는 믿을 수 없다는 듯, 씁쓸하게 말한다.
"전 그 얘기를 하루에도 셀 수 없이 듣죠."
트럭 운전사는 심드렁하게 대꾸한다.

그들의 대화를 듣고 있으니
오래전 미국에 놓고 온 짐이 생각난다.
나는 오랫동안 그곳에 머물 줄 알고
침대, 전자제품, 스피커, 타자기, 책, CD 같은 물건들을

꽤 많이도 사서 방에 채워 두었다.
한국으로 돌아오면서 큰 가구들은 팔았지만
몇몇 중요한 짐은 살던 집에 놓아두었다.
다시 돌아와야 할 이유를 만들기 위해
스스로 나를 볼모로 잡아 놓은 것이다.

아끼고 중요하게 여기던 물건들을
에어캡으로 잘 싸서 차곡차곡 포장하니 상자 두 개
로 추려졌다.
상자를 창고에 내려다 놓으며 집주인에게 잘 보관
해 달라고 부탁하자,
"이게 전부야?"
작은 상자 두 개로 압축된 지난 1년간의 내 삶을 보며
주인이 재미있다는 듯 물었고, 나도 웃었던 기억이
난다.

10여 년이 지난 지금도
나는 그 상자를 되찾지 않고 있다.
미국에서 머물렀던 집에 갈 기회가 있었지만
애써 찾아가게 되지는 않았다.
그땐 분명히 중요하다고 생각했던 물건들이었는데,
그래서 소중하게 싸고 또 싸서 맡겨 두었는데,
그것들 없이도 그냥 살아지게 되었다.
내 손에 쥐고 살아야 한다고 믿었던 것들도
멀리 밀어 놓고 살아 보니, 없는 대로 살아지게 되었다.

1년의 삶, 상자 두 개로 정리할 수 있다면,
1년과 1년의 삶을 모아도 상자 두 개로 정리할 수
있을 테고,
결국 수십 년의 삶도 상자 두 개쯤으로 정리할 수
있지 않을까.

내가 상자를 트럭에 넣는 날,
운전사는 놀랄 것이다.
나는 그냥 가볍게 웃어 줄 것이고.

여행을   떠나는 이유

전 세계 70억 명의 사람 중에
우리가 한 번이라도 인사를 나누게 되는 사람은 3천
명 정도이고
그중 150명 정도와 인연을 맺고 살아간다고 한다.

내가 경험한 사람들과 내가 경험한 세상이
이 세상의 전부가 아니라니.
안도감과 우려의 두 가지 감정이
물수제비의 파장처럼 마음의 표면을 훑고 날아가지만,
나는 좋은 것만 생각하기로 한다.

그런 면에서 여행은
아직 만나 보지 못한 69억 명의 인생을 관람하거나
그들의 삶에 입장할 수 있는
낯설고도 붙임성 좋은 티켓이다.

중요한 건, 함께 롤러코스터를 타든 관람차를 타든
내가 그 티켓을 사용해야 한다는 것.

그렇게 그들의 일상에 끼어들거나 혹은 관전하다 보면
깊게 관여하지 않고도 깨닫는 일들이 더러 있다.
그건 책을 읽다가 밑줄 긋게 되는 깨달음보다는
조금 더 또렷하게 내 마음과 삶에 각인되어
필요할 때마다 나에게 좋은 길을 제시해 준다.

여행은
길을 찾는 데 꼭 필요한 도구들이 들어 있는,
숨겨 놓은 선물 상자 같은 것.

산책

모든 걸음에
반드시 목적지가 있어야 할까?

인생도 산책하듯
그냥 걷는 것도
나쁘지 않은 것 같은데.

두근거림을
　　　찾아서

인생은
가슴이 두근거리는 것을 찾을 때까지
계속해서 나아가는 것.
뛰는 심장을 잘 다스리며
각자의 페이스로 꾸준히 걸어가는 것.

먼저 찾은 사람을 부러워 말고,
아직도 찾지 못한 어른들을 한심해 말고,
나의 두근거림을 찾아
나의 길을 가는 것.

다른 사람은 무관심하게 지나쳐 가는 보물을
발견해 내고 바짝 끌어안는 것.

내겐 너무 특별한
무엇

개업한 지 한 달이 지났지만 손님 하나 없는 핀란드 헬싱키의 카모메 식당. 그곳에는 매일 컵을 닦고 청소하며 손님을 기다리다 가끔씩은 테이블 앞에 앉아 졸기도 하는, 작고 단아한 여인이 있다. 그녀는 소소한 일상과 감동을 느릿하게 담아낸 일본 영화 〈카모메 식당かもめ食堂〉의 주인공 사치에다. 그리고 기묘한 이유로 그녀와 함께 기거하게 된 두 여인, 미도리와 마사코가 등장한다.

영화는 이들에게 어떤 과거가 있는지, 어떤 인생 스토리를 가지고 있는지 이야기해 주지 않는다. 미도리는 이유가 불분명한 눈물을 한 번 찔끔 흘릴 뿐이고, 마사코는 바다를 바라보며 이따금 잃어버린 짐을 찾는 전화를 할 뿐이다.

대신 영화는 세 명의 여인에게 왜 이곳 핀란드까지 오게 됐는지에 관한 질문을 던진다.

"여기서는 뭐든 잘될 것 같았어요." ─사치에

"눈을 감고 지도를 찍었는데 핀란드가 나왔어요." ─미도리

"에어 기타(air guitar) 대회를 보고 멋지다고 생각했어요."
─마사코

그들은 도도한 목표나 번쩍거리는 꿈을 이루기 위해 떠나오지 않았다. 그랬다면 뉴욕이나 대도시로 갔을 것이다. 세 여인이 선택한 곳은 아무것도 하지 않아도 어색하지 않고 존재하는 그대로 받아들여지는 곳, 느긋하고 느린 숲의 도시 헬싱키다.

어떤 것을 결정할 때 꼭 특별한 이유가 필요한 것은 아니다. 우리는 심장 깊숙이 꼭꼭 숨겨 두었거나 미뤄 놓았던 열정이 비집고 나오는 순간, 혹은 마음속에서 미세한 진동을 느낄 때 어떤 것을 선택하기도 한다.

그 선택의 순간은 꽃이 피어나는 소리를 듣는 것처럼 오직 나에게만 전달되는 감동에서 비롯될 수 있다. 혹은 무작정 역에 가서 곧 출발하는 기차표를 사서 떠나는 것처럼 순식간에 올라오는 두근거림으로 결정될 수도 있는 것이다.

중요한 것은 무엇을 결정하든지 간에 내가 결정하기에 특별해진다는 사실. 때문에 결정한 곳으로 한 걸음 나아가는 작지만 큰 실행은 나에 대한 예의이자 존경심의 표현이다.

내 결정의 특별함을 믿어 주고 기다려 주는 것 또한 오직 나만이 할 수 있는 특권. 다른 사람의 결정을 흉내 내지 않고, 타인의 속도를 따라가지 않고 나만의 속도로 가는 것. 헬싱키의 그들이 특별한 것은 그런 이유에서다.

인생을 사는
네 가지 방법

'사는' 것은
존재에 의미를 부여하는 때에,
'살아가는' 것은
조금은 능동적으로 살게 되는 때에,
'살아 내는' 것은
살기 위해 애쓰는 때에,
그리고 '살아지는' 것은
흐르는 대로 삶을 놓아두는 때에.
우리는 삶에 대해
그렇게 말한다.

삶의 모든 순간이
이 네 개의 범주를 돌고 돈다.

인생은
　　아포가토

에스프레소에 빠진 아이스크림.
너무 달달하거나 너무 쓰거나
너무 차갑거나 너무 뜨거워,
한 숟가락씩 떠먹거나 홀짝홀짝 나눠 마셔야 하는 것.

달콤할 때쯤 쌉쌀하게,
쓴맛에 달콤함을 더해 주는,
아이스크림과 맞닿아 있는 에스프레소.
다혈질이면서도 천천히 살 줄 아는
이탈리아 사람들의 철학이 가득 담긴 디저트.

달기만 한 인생은 없다.
쓰기만 한 인생도 없다.

인생은 아포가토.
온기와 냉기가 공존하는
달콤 쌉쌀한 디저트 같은 것.

그러니
주어지는 대로 감사하고 즐기는 것이
인생을 맛있게 사는 법.

눈물이 지나간 자리마다
우리가 견딘 시간은 빛나고

"어머, 이게 누구야!"

12년 전쯤인가. 김중만 선생님과 함께 작업을 할 때 몇 번 만났던 포토그래퍼를 얼마 전 스튜디오에서 우연히 다시 만났다. 참 예쁘고 단아한 인상이 기억에 남아 가끔 생각나던 친구였다. 서로 비슷한 계통에서 일해 왔는데 어쩜 이리도 한 번을 마주칠 수 없었던지.

이 모든 것이 신기해서 들썩거리는 만남의 중간에 그녀가 물었다. 결혼은 했느냐고. 고개를 저으니 그녀의 얼굴에 더 큰 미소가 퍼진다.

"반갑다, 친구야!"

그녀가 쏟아 낸 이 말에 스윙 댄스를 추듯 내 마음의 스텝이 활짝 열렸다. 뭐랄까. 전쟁터에서 고향 친구를 만난 기분이라고 할까. 알래스카 한복판에서 몇 년 만에 라면을 얻게 된 느낌이라고 할까.

나의 마음이 든든해졌다. 굳이 이야기하지 않아도

우리에게는 분명 생각과 감정의 교집합이 있을 것이기 때문이었다.

이십 대 초반 때만 하더라도, 서른 살이 되면 많은 것을 알고 많이 달라져서 살아가는 게 어렵지 않을 것이라고 생각했다. 하지만 지금은 그 생각이 꼬마들에게서 흔히 듣는 귀여운 장래 목표 같은 것이었다는 걸 깨닫는다. 나이 서른에 어떻게 모든 것이 획, 달라질 수 있단 말인가.

그래서 서른 이후의 그녀들은 심하게 몸살을 앓는다. 사랑이든, 일이든, 관계든, 무엇이든 불완전하게 흘러가고 있는 내 인생에 대해 충격을 받는 시기가 한 번은 온다.

변화된 멋진 삶을 기대하고 서른의 문턱에서 들어서지만, 생각과 달라 갈피를 잡지 못하고 방황하는 서른 썸싱의 우리들.

여전히 삶은 암흑 속에 있는 듯 더듬어 가야 하고, 이룬 것 없이 서성임과 조바심 사이에서 싸워야 하는 나이다.

그러나 그때 흘리는 눈물이야말로 인생에서 가장 뜨거운 눈물이고 결국 내 삶을 아름답게 이끌어 주는 고마운 눈물이 된다. 아이러니하게도 눈물이 나는 그 순간에는 그것을 알지 못하지만.

애써 가며 참지 말고, 울고 싶을 때는 감정을 터뜨려 버리는 것이 도움이 되는 때도 있다. 머릿속을 짓누르고 있던 것들을 밖으로 끄집어내어 보면 생각보다 별것 아니었던 경우들도 생긴다. 그리고 그렇게 변해 가는 나에게 적응하다 보면, 큰일에는 무던해지고 작고 소소한 것에 감사하고 기뻐하는 날들이 더 많아지기도 하고.

살다 보면 알게 된다. 이렇게 우리 모두에게 눈물을 그치는 타이밍이 분명히 온다는 것을. 눈물 자국은 슬픔의 흔적이 아니라 단련된 마음이 걸어온 빛나는 발자취가 된다는 것을.

빛나는 시절을 지나는 중입니다

초판 1쇄 인쇄　　2026년 3월 6일
초판 1쇄 발행　　2026년 3월 13일

지은이　　　　이애경

펴낸곳　　　　섬타임즈
펴낸이　　　　이애경
편집　　　　　이희숙
디자인　　　　박은정

출판등록　　　제651-2020-000041호
주소　　　　　서울특별시 은평구 연서로 455, 536동 상가비 107호
이메일　　　　sometimesjeju@gmail.com
인스타그램　　sometimes.books

ISBN　　　　　979-11-985203-7-1 03810

・이 책의 전부 또는 일부를 재사용하려면 반드시 저작권자와 출판사의
  동의를 받아야 합니다.
・책값은 뒤표지에 있습니다.
・잘못 만들어진 책은 구입처에서 바꿔드립니다.